LETTRES

A

CLIO.

A R . . . . .

1 8 0 8.

*V*ous le savez, mon aimable Clio, une curiosité naturelle nous porte à vouloir connoitre les origines soit des peuples soit des individus qui ont occupé avec éclat la Scène du monde.   Cette curiosité n'est au reste ni vaine ni sterile, la science de ces origines étant intimement liée aux plus mémorables évenemens de l'histoire.

Ou nous a reproché à nous autres Allemands un peu trop de passion pour les Etudes généalogiques.   Que ce reproche soit ou non fondé, elles ont toujours eu pour moi un attrait particulier, je ne m'en défends pas; c'est mon gout et, si l'on veut, c'est ma faibleſſe.

J'ai cru que des recherches de ce genre sur les personnages illustres, que l'arbitre présent des Destinées de l'Europe a élevés au rang de Souverains, pour recompenser d'une manière digne de lui des services rendus avec un dévouement et une fidélité sans mesure, j'ai cru, dis je, que de telles recherches ne seraient pas sans intérêt et quelles auraient l'avantage de préparer des matériaux à ceux qui entreprendront un jour d'écrire leur histoire.

J'ai

J'ai donc compulsé les anciennes Chroniques et Chartes imprimées,
n'ayant pu m'en procurer de manuscrites, l'art de vérifier les Dates,
les Dictionnaire de Moreri et autres et je vous envoie un premier résul-
tat de mon travail. Je crois pouvoir répondre de son exactitude.

Peut-être serai-je en état l'année prochaine de Vous donner quel-
ques détails relatifs au Prince qui est maintenant le Chef de la Maison
objet de ces notices généalogiques et dont l'histoire se lie necessairement
à celle des plus grands évenémens de nos jours. Si ces notices vous
intéressent, comme je n'en doute point, je pourrai aussi vous commu-
niquer mes recherches relativement du Maréchal Berthier qui a été élevé
par l'Empereur au rang de Prince de Neuchâtel, le même jour que
Mr. de Talleyrand l'a été à celui de Prince de Bénévent.

NOTICE

SUR LA MAISON

DE TALLEYRAND PÉRIGORD.

L'origine de la maison de Talleyrand-Périgord se perd dans la nuit des temps, et lorsque les chroniques et chartes conservées en font mention, elles la présentent à un degré d'illustration qui prouve, qu'elle était déjà bien éloignée de sa souche.

Le Comté de Périgord fut donné par Charles le Chauve à Wulgrin son parent, en grande légation, c'est à dire en souveraineté, sous la suzeraineté des Rois. Emme, petite-fille et héritière de Wulgrin, après l'extinction des mâles de cette maison, le porta à son mari, Bozon le vieux, vivant en 944. Suivant une charte de 959, Bozon le vieux, petit-fils de Geoffroy premier Comte de la Marche, fils de Sulpice, deuxième Comte de la Marche, était lui-même troisième Comte de cette Province. Cette charte lui en donne le titre et met le Limosin dans son apanage.

B   Donc

Donc à cette époque, ce chef de la dinastie des Comtes de Périgord, du nom de Talleyrand, possédait deux fiefs immédiats de la Couronne, et était allié par sa femme à la maison de France.

La descendance de la maison de Talleyrand Périgord depuis Bozon le vieux jusqu'à nos jours est authentiquement établie, ainsi qu'il suit.

DINASTIE DES COMTES DE PÉRIGORD,

du nom

DE TALLEYRAND.

1ʳ Comte, vivant en 944. Bozon I. dit le vieux, Comte de la Marche et de Périgord, fit bâtir le château de Bellac dans la Basse-marche, eut cinq fils, dont l'ainé et le second lui succédèrent. Martin, le cinquième, fut Evêque de Périgueux.

2e Comte. 669. Hélie I. Comte de la Marche et de Périgord, fils ainé de Bozon dit le vieux, est mort sans postérité et eut pour successeur son frère.

5e Comte. 975. Adelbert I. Comte de la Marche et de Périgord, second fils de Bozon dit le vieux, assiégeant la ville de Tours qu'il prit contre le Comte de Blois, et ayant refusé de déférer à l'ordre que lui avait donné Hugues Capet de se retirer, ce Prince irrité lui demanda qui l'avait fait Comte : celui qui t'a fait

Roi

Roi, répondit fièrement Adelbert. Il eut pour fils Bernard, qui fut Comte de la Marche, et, pour succeffeur au Comté de Périgord, son neveu Hélie.

<table>
<tr><td>4e Comte.
1006.</td><td>

Hélie II. Comte de Périgord, fils ainé de Bozon II., Comte de la Marche et d'Almodis fille du Vicomte de Limoges, neveu d'Adelbert I., eut le Comté de Périgord, par disposition de Guillaume le Grand, Duc d'Aquitaine, arbitre choisi entre lui et son cousin Bernard, fils d'Adelbert I., dans la ligne duquel passa le Comté de la Marche. Il convenait en effet à l'illustration de la maison que ces deux fiefs immédiats de la Couronne fussent partagés entre les deux branches. Il eut pour successeur son fils.</td></tr>
</table>

5e Comte.
1031.

Hélie III. lui fut associé.

Adelbert II. dit Cadoirac, Comte de Périgord, fils ainé d'Hélie II., soutint par les armes, contre l'Evêque de Périgueux, le cours de la monnaie dite Hélienne que ses prédécesseurs et son père avaient fait frapper. Il eut Hélie III. et plusieurs autres fils, dont Bozon de Grignols qu'on verra succéder à son neveu, Hélie IV.

Hélie III. son fils ainé, qui lui fut affocié, et auquel il survécut, eut de Vasconie de Foix, dite aussi Brunichilde, Hélie IV., qui lui succéda.

6e Comte.
1117.

Hélie IV. Comte de Périgord, fils d'Hélie III. et petit-fils d'Adelbert II., succéda à son ayeul. La guerre qu'il soutint contre le Comte de Limoges lui ayant enlevé ses enfants, il eut pour affocié à son Comté et pour succeffeur, son oncle qui suit.

Bozon

7e Comte. 1148. Bozon III. *) dit de Grignols, Comte de Périgord, second fils d'Adel- bert II. fut affocié, pour le Comté de Périgord, à son neveu Hélie IV. auquel il survécut et succéda. Il défendit vigoureusement contre Henri III., Roi d'Angleterre, la tour qu'il avait élevée à Périgueux sur les arênes. Il eut plusieurs fils, et, pour successeur, Hélie V.

8e Comte. 1166. Hélie V. Comte de Périgord, fils de Bozon III., est surnommé de Talleyrand. Il perdit et reprit contre Richard, Roi d'Angleterre, sa ville du Puy St. front. Il fut enfin obligé par la force de faire la paix avec ce Prince. Mais, craignant la domination Anglaise, il abandonna le parti du Roi Jean, succeffeur de Richard et fit hommage de son Comté au Roi Philippe le Bel. Il s'est croisé et est mort à la terre sainte, laiffant de sa femme, fille de Raymond II., Vicomte de Turenne, trois fils, donc les deux ainés lui succédèrent. Hélie de Talleyrand, le troisième, eut pour fils Bozon, qui forma la branche des Talleyrand, seigneurs de Grignols, Princes de Chalais, encore existante, dont la ligne suit.

Archam-

*) Bozon II. fils d'Adelbert I. eut en partage, comme on l'a vu, le Comté de la Marche, et n'eft pas en ligne avec les Comtes de Périgord.

9e Comte. Archambaud I. Comte de Périgord, fils
1205. d'Hélie V. fit, comme son père hommage-
lige de son Comté au Roi Philippe Auguste.
Il mourut sans postérité et eut peur succeffeur son frère.

10e Comte. Archambaud II. Comte de Périgord, se-
1212. cond fils d'Hélie V. s'est croisé et donna
azile dans ses places aux Albigeois poursui-
vis par Simon de Montfort. Il s'opposa, à
la tête de ses habitants à ce que Pons de
Ville, Sénéchal du Roi St. Louis, connut, au
nom du Roi, des differents élévés entre ses
villes. Il a fait cession à Bozon son neveu,
petit-fils d'Hélie V. de la terre et chatellé-
nie de Grignols, dont Bozon retint le surnom. Il eut pour fils Hélie, qui lui succéda.

11e Comte. Hélie VI. Comte de Périgord, fils d'Ar-
1245. chambaud II., ratifia, en faveur de Bozon
de Talleyrand, son cousin, l'abandon que
lui avait fait son père de la terre de Grignols, sous l'obligation mutuelle de s'entrese-
courir, avec les meilleurs Chevaliers de leurs
terres, toutes les fois qu'ils en seraient requis l'un par l'autre. Il soumit au juge-
ment

C

*Branche des TALLEYRAND, Seigneurs
de Grignols, Princes de Chalais.*

1r Hélie de Talleyrand, fils d'Hélie V.,
Comte de Périgord eut pour fils

2e Bozon de Talleyrand, Seigneur de Grignols, fils d'Hélie. Archambaud II., Comte
de Périgord, fit, en sa faveur, renonciation
et ceffion de la terre de Grignols, dont Bozon prit le surnom. Hélie VI., Comte de
Périgord, confirma cette ceffion, et tous
deux prêtèrent à Bozon le serment requis.
Par ces ceffions, la terre de Grignols devint
l'appanage de la branche des Talleyrand,
qui en prit le nom. Bozon eut pour fils
et succeffeur

3e Hélie de Talleyrand, Seigneur de Grignols, en faveur de qui Archambaud III.,
confirma la même ceffion. Il épousa Agnès
de Chalais, par qui la terre de Chalais est
entrée dans la maison de Talleyrand, à qui
elle est restée jusqu'à nos jours. Hélie
eut de son mariage

Rayment de St. Louis les différents élevés entre ses villes et fut l'un des quatre chefs choisis par les Seigneurs français pour défendre leur jurisdiction contre les entreprises du clergé. Hélie VI. eut de sa seconde femme plusieurs enfants dont l'ainé lui succéda.

12e Comte. Archambaud III. Comte de Périgord,
1251. fils d'Hélie VI. confirma son cousin, Hélie de Talleyrand, Sire de Grignols, dans la possession de cette terre. Il eut de son premier mariage un seul fils, qui lui succéda, et plusieurs enfants du second.

13e Comte. Hélie VII., Comte de Périgord, fils d'Ar-
1295. chambaud III., eut, par ceffion de sa femme, héritiére des Vicomtes de Lomagne et d'Auvillars, ces Seigneuries, ainsi que les Baronies de Rivière et de Solomiac, qu'il céda à Philippe le Bel, en échange des terres de Puymorand, la Bastide de Villefranche, et des droits de ce Roi sur Astier, Estiffac, Beauregard, Clermont, la Linde, Grignols, Montfort et Mirabel. Philippe le Bel, dont la politique préparait l'affaibliffement des grands vaffaux, ne voulait pas laiffer dans la même main des terres munies de places aussi

4 ° Raymond de Talleyrand, Seigneur de Grignols et de Chalais qui épousa en 1305. Marguerite, fille d'Adhémar de Bénac, dont il eut

5e Bozon de Talleyrand, Seigneur de Grignols et de Chalais, qui, de dame Barrana, sa femme, eut

6e Hélie de Talleyrand, Seigneur de Grignols et de Chalais, Chambellan du Roi Charles VI. On a de lui plusieurs quittances originales de gages pour services militaires, avec Bacheliers et Ecuyers de sa Compagnie. Il épousa Affalide de Pomiers, Dame et Vicomteffe de Fronsac, terre qu'elle lui porta. Il en eut

7e François de Talleyrand, Chevalier, Seigneurs de Grignols, de Chalais et de Fouquerolles, Vicomte de Fronsac. Sa femme, Marie de Brabant lui porta la terre de Bozoches. Il en eut

8e Charles de Talleyrand, Chevalier, Seigneur de Grignols et de Fouquerolles, Prince de

aulfi fortes et d'aulfi nombreux vaffaux que les Comtés de Lomagne et de Périgord. Hélie VII., qui n'eut pas d'enfant de son premier mariage, eut du second, avec Bruniffende, fille du Comte de Foix,

Archambaud, qui lui succéda;

Hélie de Talleyrand, Evêque de Limoges et ensuite d'Auxerre, créé Cardinal en 1331, Fondateur du Collége de Périgord à Toulouse;

Roger Bernard, qui succéda à son frère Archambaud;

Agnès de Talleyrand, mariée à Jean de Sicile, Comte de Durazzo.

24e Comte. Archambaud IV., Comte de Périgord,
1311. fils d'Hélie VII., fut confirmé, contre ses vaffaux, dans tous les droits de Souveraineté, inhérents à son Comté, comme fief immédiat. Il fonda la Chartreuse de Vauclair et mourut sans laisser d'enfans de sa femme, Jeanne de Pons, qui le fit héritier de sa terre de Bergerac.

25e Comte. Roger Bernard, Comte de Périgord,
1336. troisième fils d'Hélie VII. succéda à son frère Archambaud IV., mort sans avoir eu d'en-

de Chalais, Vicomte de Fronsac. Il épousa Marie de Franchelyon, dont il eut

9e   Jean de Talleyrand, Chevalier, Seigneur de Grignols et de Fouquerolles, Prince de Chalais, Vicomte de Fronsac, Chambellan du Roi Charles VIII., premier Maître d'hotel de la Reine sa femme, Anne de Bretagne, Chevalier d'honneur de la même, seconde femme de Louis XII. et de Marguerite d'Angleterre sa troisième femme, Maire et Capitaine de Bordeaux. Il obtint, contre le Roi de Navarre, comme Comte de Périgord, arrêt du Parlement de Bordaux qui le maintient dans l'immédiateté de la Couronne, pour sa terre de Grignols, privilége dont elle a toujours joui, porte l'arrêt, depuis qu'elle est l'apanage de cette branche des Comtes de Périgord du nom de Talleyrand. Il épousa Marguerite de la Tour, fille d'Agne de la Tour, Vicomte de Turenne, dont il eut

10e   François de Talleyrand, Seigneur de Grignols et de Fouquerolles, Prince de Chalais, Vicomte de Fronsac, qui épousa Gabrielle de Solignac, fille de Bertrand de Solignac

d'enfant. Il reçut du Roi Philippe de Valois la terre de Montrevel, en récompense de ses importants et fidèles services. Le même Prince lui accorda des attributions d'appel, comme restitution des anciens droits de domination et de dignité du fief immédiat de Périgord. Après la plus vive résiftance et un siége de deux mois, les Anglois ayant pris d'auffaut la ville de Périgueux et les autres places du Comté de Périgord, Roger Bernard devint par force vaffal de cette puiffance, contre laquelle il n'avait ceffé de combattre. Le Prince de Galles lui rendit sa ville de Périgueux. Après 12 ans paffés sous la domination angloise, Roger Bernard en secoua enfin le joug, ainsi que tous les grands vaffaux de Guyenne, et rentra sous celle de la France. Il eut de son mariage avec Eléonore, fille de Bouchard, Comte de Vendôme, plusieurs enfants, dont l'ainé lui succéda.

lignac et d'Isabeau de Talleyrand, dont il eut

11e Julien de Talleyrand, Seigneur de Grignols, Prince de Chalais, Vicomte de Fronsac, marié avec Jacquette de la Touche, fille de François de la Touche, dont il eut

12e Daniel de Talleyrand, Chevalier, Prince de Chalais, Comte de Grignols, Marquis d'Exideuil, Comte de Beauville et de Mareuil, Conseiller du Roi en son Conseil d'Etat et privé, Capitaine de cent hommes d'armes de ses ordonances, eut de Françoise de Montluc, fille de Blaise de Montluc, Maréchal de France, plusieurs fils, dont deux ont formé deux branches de la maison de Talleyrand, qu'on verra ensuite se réunir.

16e Comte. 1369. Archambaud V., Comte de Périgord, fils de Roger Bernard, en protestant qu'il ne voulait que défendre ses droits sur son pays, et nullement atten-

13e Charles de Talleyrand, Prince de Chalais, Marquis d'Exideuil, Comte de Grignols, Baron de Beauville et de Mareuil, fils ainé de Daniel de Talleyrand

1r André de Talleyrand, Chevalier Comte de Grignols, Baron de Beauville, quatre. fils de Daniel de Talleyrand et de Françoise de Montluc, épousa en

tenter à ceux du Roi, prit les armes pour soutenir ses prétentions contre ses vassaux, qui étaient appuyés par le Ministère. Après des prodiges de valeur, il fut enfin pris dans le château de Montagnac, par l'armée royale — commandée par le Maréchal de Boucicaut. Il y eut contre lui arrêt de confiscation de son Comté de Périgord. Il passa en Angleterre, où il mourut. De son mariage avec Louise de Martas, il eut,

Archambaud VI., qui lui succéda;

Bruniffende, mariée au Seigneur de Parthenay;

Eléonore, mariée à Jean de Clerm., Vicomte d'Aunay.

17e Comte. (dernier de la dinastie. 1399. Archambaud VI., Comte de Périgord, dernier de cette dinastie, posséda ce Comté du vivant même de son père, malgré l'arrêt de confiscation, que Charles VI., touché du traitement fait à l'un de ses grands

rand et de Françoise de Montluc, épousa en 1637 Charlotte de Pompadour, fille de Philibert de Pompadour, Chevalier des ordres du roi, son Lieutenant-Général dans le haut et bas Limousin, dont il eut trois fils, savoir:

1°. Adrien Blaise de Talleyrand, marié à Marie Anne de la Trimouille, depuis Princesse des Ursins, mort sans enfant;

2°. Pierre de Talleyrand, mort sans postérité;

3°. Et Jean Charles de Talleyrand, qui lui succéda.

14 Jean Charles de Talleyrand, Prince de Chalais, Marquis d'Exideuil, Comte de Grignols, Baron de Beauville et de Mareuil, Grand d'Espagne de la première classe, Gouverneur du Berry, qui épousa Marie Françoise de Rochechouart de Mortemart, fille de Louis de Rochechouart, Duc de Mortemart,

en 1639 Marie de Courbon, fille de Jacques de Courbon, Seig. de Romégou, et en eut plusieurs enfants, dont l'ainé lui succéda.

2e Adrien de Talleyrand, Comte de Grignols, Baron de Beauville, eut, de son mariage avec Jaubert de St. Gelais, fille de Jaubert de St. Gelais, Comte de Bouzac et de St. Sévrin, Gabriel, qui suit.

3e Gabriel de Talleyrand, Comte de Grignols, Baron de Beauville et de St. Sévrin, marié en 1704 avec Marguerite Taillefer, dame de Mauriac, fille de Daniel Taillefer et d'Henriette d'Aubusson de la Feuillade, dont il eut

4e Daniel Marie Anne de Talleyrand, Marquis de Talleyrand, Comte de Grignols et de Mauriac, Brigadier des armées du Roi, Colonel du Régiment

grands vassaux, qu'il regardait comme plus malheureux que coupable, ne voulut pas qu'on mit à exécution. Mais ce Prince retint la Ville de Périgueux. Le Comte Archambaud l'ayant réclamée avec hauteur, comme chef-lieu de son patrimoine, prêta par d'autres torts des armes à ses ennemis, et, comme on ne cherchait qu'un prétexte, la Cour du Parlement informa contre lui, et, par arrêt du 19. Juin 1399, il fut banni et ses biens confisqués. Le Comte passa en Angleterre, mais refusa de servir dans l'armée Anglaise. Il revint en France dans le temps des troubles, mais ne put rentrer dans le patrimoine de ses ancêtres.

———————

Le Comté de Périgord, objet de la cupidité de Louis, Duc d'Orleans, lui fut donné. Il passa par vente à Jean de Blois, dit de Bretagne, Comte de

temart, pair de France, Général des Galères, dont il eut Marie Françoise Marguerite de Talleyrand Périgord, mariée le 28. Janvier 1744, avec Gabriel Marie de Talleyrand Périgord, Comte de Périgord, fils de Daniel Marie Anne de Talleyrand Périgord.

giment de Normandie, tué au siége de Tournay, à la tête de son régiment, épousa en premières noces Guyone de Rochefort Théobon, fille du Marquis de Théobon, et en secondes noces, Marie Elisabeth de Chamillart. Il eut, du premier mariage, Gabriel, qui suit. (Les enfants du second mariage viendront ci-après).

5ᵉ   Gabriel Marie de Talleyrand Périgord, né le 1ᵉʳ. Octobre 1726, Comte de Périgord, Comte de Grignols, Prince de Chalais, Grand d'Espagne de la première classe, Chevalier des Ordres du Roi, Lieutenant Général de ses armées, Gouverneur de Picardie, Commandant en chef en Languedoc, a épousé le 28. Janvier 1744, Marie Françoise Marguerite de Talleyrand Périgord, fille de Jean Charles de Talleyrand Périgord, Prince de Chalais, et de Marie Françoise de Rochechouart de Mortemart.

Par ce mariage, se sont réunies les deux branches de la Maison de Talleyrand Périgord, dont la souche commune est Daniel de Talleyrand, Prince de Chalais, Comte de Grignols.

———————

Gabriel

de Penthiévre, et, par alliance, à la Maison d'Albret. Jeanne d'Albret, qui en était héritière, l'ayant transmis à Antoine de Bourbon son mari, Henri quatre, leur fils, le réunit à la Couronne.

N. de Talleyrand Périgord, Prince de Chalais, Comte de Périgord, Grand d'Espagne de la première classe, Chevalier des Ordres du Roi, Lieutenant Général de ses armées, fils aîné de Gabriel Marie Anne, Comte de Périgord, a épousé Elisabeth de Poyanne, fille du Marquis de Poyanne, Chevalier des Ordres du Roi, Lieutenant Général de ses armées, dont il a eu un fils, qui suit.

Hélie de Talleyrand Périgord, fils de N. de Talleyrand Périgord, Comte de Périgord, a épousé Nicolette de Choiseul, fille du Baron de Choiseul, Ambassadeur à Turin.

Gabriel Marie Anne de Talleyrand Périgord, (qui précède) Comte de Périgord, a eu, de son mariage avec Marie Françoise Marguerite de Talleyrand Périgord, deux fils.

1°. N. de Talleyrand Périgord, Prince de Chalais.
2°. Adelbert de Talleyrand Périgord.

Daniel Marie Anne de Talleyrand Périgord, (déjà porté ci-dessus) Marquis de Talleyrand, père, par son premier mariage, de Gabriel Marie Anne de Talleyrand Périgord (ci-contre), qui a réuni les deux branches de sa Maison, a épousé en secondes noces, en 1732, Marie Elisabeth de Chamillart, fille de Michel de Chamillart, Marquis de Cany, Grand Maréchal des Logis du Roi, et a eu, de ce second mariage,

1°. Charles Daniel de Talleyrand Périgord, Comte de Talleyrand;
2°. Marie Anne de Talleyr. Périgord, Baron de Talleyrand;
3°. Elisabeth de Talleyrand Périgord, mariée à N. de Chabannes;
4°. Angélique de Talleyrand Périgord, Archevêque de Rheims;
5°. N. de Talleyrand Périgord, Vicomte de Périgord, Maréchal des camps et armées du Roi, marié à Made. de Bussy.

Charles Daniel de Talleyrand Périgord, Comte de Talleyrand, Chevalier des ordres du

Marie Anne de Talleyrand Périgord, Baron de Talleyrand, Maréchal des Camps et ardu Roi, Lieutenant-général de ses armées, second fils de Daniel Marie Anne, Marquis de Talleyrand, a épousé Eleonore de Damas, fille de Joseph de Damas, appelé Marquis d'Antigny, Brigadier des armées du Roi, Colonel du Régiment de Boulonnais, et de Judith de Vienne, dont il a eu trois fils.

1°. Charles Maurice de Talleyrand Périgord, Prince Souverain de Bénévent, Vice-Grand-Electeur de l'Empire, faisant les fonctions d'Archichancelier d'Etat, Grand Chambellan de S. M. l'Empereur et Roi, Grand Aigle de la Legion d'honneur, Chevalier des Ordres de Ruffie, Pruffe, Bavière, Saxe, Würtemberg, etc. Membre de l'Institut, marié à Catherine Worlée née à Tranquebar;

2°. Archambaud de Talleyrand Périgord;

3°. Bozon de Talleyrand Périgord.

Archambaud de Talleyrand Périgord, second fils de Charles Daniel, Marquis de Talleyrand et d'Eléonore de Damas, a épousé Sabine Senozan de Viriville, fille du Marquis de Viriville, dont il a eu trois enfants.

1°. Louis de Talleyrand Périgord;

2°. Edmont de Talleyrand Périgord;

3°. Mélanie de Talleyrand Périgord, mariée à Juste de Noailles.

armées du Roi, 5e. fils de Daniel Marie Anne, Marquis de Talleyrand, a épousé N. de Montigny, fille du . . . . de Montigny, chef de Brigade des Gardes du Corps du Roi, dont il a eu trois fils.

1°. Auguste de Talleyrand Périgord;

2°. Anatole de Talleyrand Périgord;

3°. Alexandre de Talleyrand Périgord.

Auguste de Talleyrand Périgord, Chambellan de S. M. l'Empereur et Roi, fils de Marie Anne, Baron de Talleyrand, à épousé Caroline d'Argis, dont il a eu un fils.

Alfred de Talleyrand Périgord, fils d'Auguste de Talleyrand Périgord et de Caroline d'Argis.

Bozon de Talleyrand, troisième fils de Charles Daniel, Marquis de Talleyrand et d'Eléonore de Damas, a épousé Adelaide de Puisigneux, fille de N. de Puisigneux, Colonel des chasseurs de Lorraine.